ALFAGUARA

Caperucita Roja
(tal como se la contaron a Jorge)

Luis María Pescetti
Ilustraciones de O'kif

ALFAGUARA

ALFAGUARA

CAPERUCITA ROJA (TAL COMO SE LA CONTARON A JORGE)

D.R. © del texto: Luis María Pescetti, 1996
D.R. © de las ilustraciones: O'kif-MG

D.R. © de esta edición:
Santillana Ediciones Generales, S.A. de C.V., 2005
Av. Universidad 767, Col. Del Valle
03100, México, D.F.

Alfaguara es un sello editorial del **Grupo Santillana**.
Éstas son sus sedes:

Argentina, Bolivia, Chile, Colombia, Costa Rica, Ecuador, El Salvador, España, Estados Unidos, Guatemala, México,Panamá, Paraguay, Perú, Puerto Rico, República Dominicana, Uruguay y Venezuela.

Primera edición en Alfaguara México: agosto de 1999
Primera edición en Editorial Santillana: junio de 2002
Primera edición en Santillana Ediciones Generales, S.A. de C.V.: marzo de 2004
Primera reimpresión: julio de 2004
Segunda reimpresión: octubre de 2004
Tercera reimpresión: febrero de 2005
Cuarta reimpresión: julio de 2005
Quinta reimpresión: septiembre de 2005
Sexta reimpresión: febrero de 2006
Séptima reimpresión: julio de 2006
Octava reimpresión: octubre de 2006
Novena reimpresión: julio de 2007
Décima reimpresión: marzo de 2008
Décimo primera reimpresión: enero de 2009

ISBN: 978-968-19-0518-7

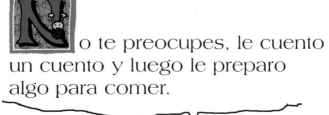

No te preocupes, le cuento un cuento y luego le preparo algo para comer.

abía una vez una niña...

uy bonita...

ue se llamaba Caperucita Roja...

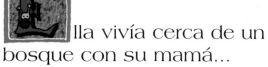

lla vivía cerca de un bosque con su mamá...

Cierta vez, la mamá le dijo que llevara una comida para la abuelita...

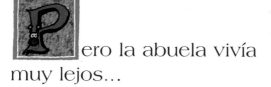

ero la abuela vivía
muy lejos...

... en medio de ese bosque. La mamá le advirtió que tuviera mucho cuidado al cruzarlo, porque ahí estaba el lobo feroz...

Caperucita salió y empezó a cruzar el bosque.

uando estaba por la mitad del bosque se le apareció el lobo feroz, y le preguntó: "¿Hacia dónde vas, hermosa niña?"

14

Caperucita, olvidándose lo que su mamá le había avisado, le contó que iba a casa de su abuelita. Entonces el lobo salió rapidísimo para llegar antes que la niña.

uando llegó, el lobo se comió a la abuela de Caperucita.

Inmediatamente, se puso la ropa de la abuela para esperar a que llegara la niña, y engañarla.

Cuando Caperucita llegó, se encontró al lobo disfrazado de su abuelita, acostado en la cama, pero no lo reconoció.

La niña empezó a preguntar, "¿por qué tienes una nariz tan grande, abuelita?". "Para oler mejor", le decía el lobo.

"¿Y por qué tienes unas orejas tan grandes?"

"Para oír mejor", le respondía el lobo.

"¿Y por qué tienes esa boca tan grande?"
Y el lobo dijo: "¡Para comerte mejor!".

ero... ¿qué crees que pasó?

¡En ese momento, apareció un cazador!

El cazador mató al lobo feroz, salvó a Caperucita y sacó a la abuela de la panza.

sí fue que regresaron los tres juntos a casa de la abuela. Muy felices y a salvo.

Y colorín colorado, este cuento se ha acabado.

Vamos a la cocina, que te preparo un sandwich bien, bien rico...

Luis María Pescetti

Nació en San Jorge, Provincia de Santa Fe. Escritor y músico-terapeuta, se ha dedicado también a realizar recitales y talleres de música y humor para niños y adultos. Entre sus libros se pueden mencionar *Nadie te creería, Historias de los señores Moc y Poc* y *La serie de Natacha.*

Esta obra se terminó de imprimir en enero de 2009
en Editorial Impresora Apolo, S.A. de C.V.
Centeno 150-6, Col. Granjas Esmeralda
C.P. 09810 México, D.F.